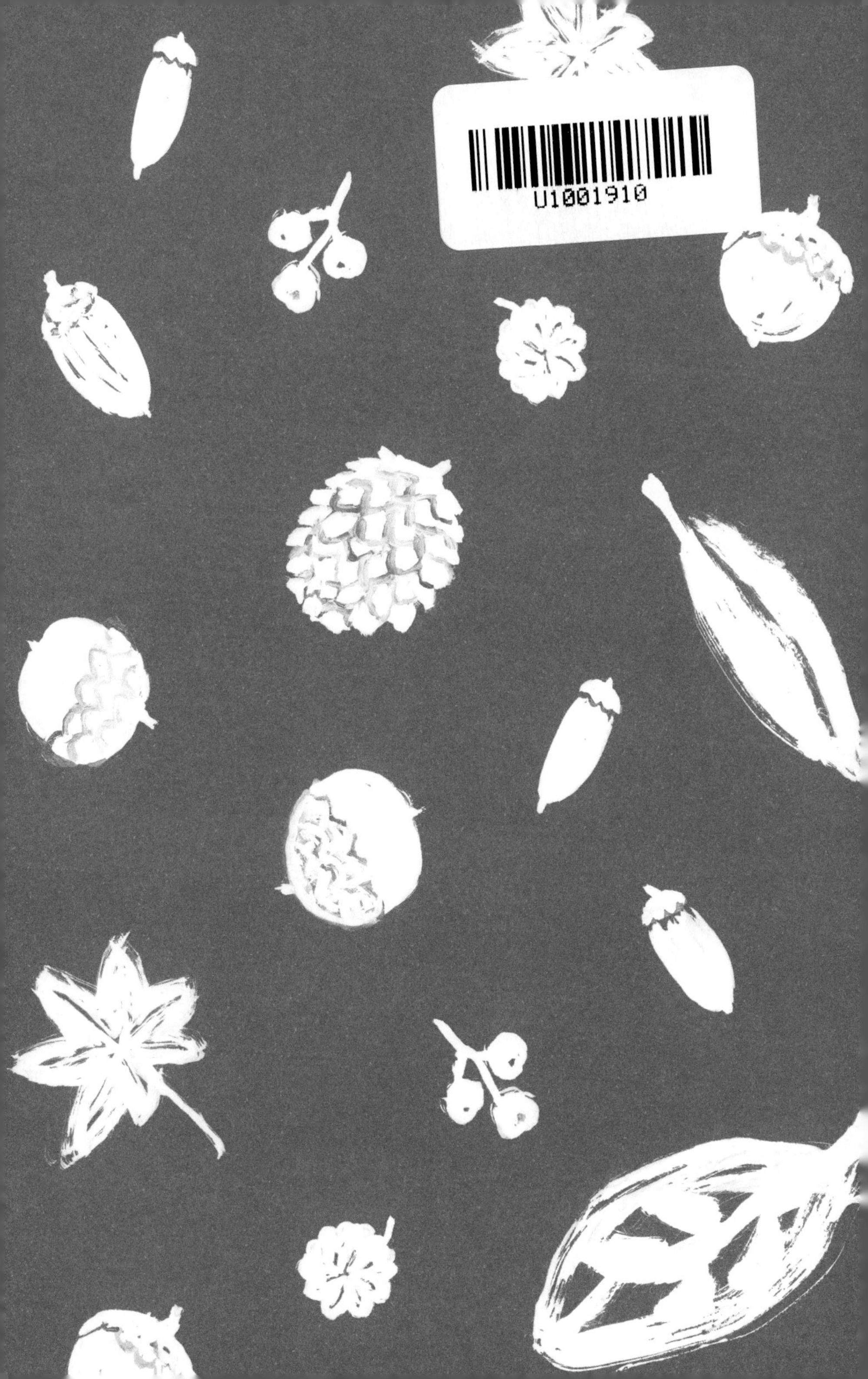

图书在版编目（CIP）数据

永远不忘记 / （日）三枝宽子著 ；（日）松成真理子绘 ；林静，李薇译. -- 石家庄 ：花山文艺出版社，2021.7（2024.12重印）
ISBN 978-7-5511-5838-1

Ⅰ. ①永… Ⅱ. ①三… ②松… ③林… ④李… Ⅲ. ①童话－日本－现代 Ⅳ. ①I313.88

中国版本图书馆CIP数据核字(2021)第107036号

冀图登字：03-2021-032

书　　名：永远不忘记
YONGYUAN BU WANGJI
著　　者：［日］三枝宽子
绘　　者：［日］松成真理子
译　　者：林　静　李　薇

选题策划：北京浪花朵朵文化传播有限公司
出版统筹：吴兴元
编辑统筹：余以恒
责任编辑：温学蕾
责任校对：李　伟
特约编辑：倪婧婧
美术编辑：胡彤亮
营销推广：ONEBOOK
装帧制造：墨白空间・闫献龙
出版发行：花山文艺出版社（邮政编码：050061）
（河北省石家庄市友谊北大街 330 号）
印　　刷：天津裕同印刷有限公司
经　　销：新华书店
开　　本：889 毫米 × 1194 毫米　1/32
印　　张：2.25
字　　数：40 千字
版　　次：2021 年 7 月第 1 版
2024 年 12 月第 3 次印刷
书　　号：ISBN 978-7-5511-5838-1
定　　价：49.80 元

读者服务：reader@hinabook.com 188-1142-1266
投稿服务：onebook@hinabook.com 133-6631-2326
直销服务：buy@hinabook.com 133-6657-3072
官方微博：@ 浪花朵朵童书

浪花朵朵

永远不忘记

[日] 三枝宽子 著　[日] 松成真理子 绘

林静　李薇 译

花山文艺出版社
河北 · 石家庄

小熊一家居住的森林，全都变成了红色和黄色。

“奶奶还没有来吗？”小熊蹦蹦跳跳地注视着前方的路。

今天是奶奶来家里的日子。

独自生活的奶奶年纪太大了，所以要搬来和小熊一起生活了。

“我们去河边看看吧。”妈妈说。

小熊和妈妈刚转弯，就看见从对面摇摇晃晃地走来一个身影……

“奶奶！”

小熊开心地跑过去。

可是，没想到小熊一下子摔倒了。

“奶奶……呜呜——呜呜——”小熊哭了起来。

“哎哟哎哟，我的小宝贝，跑得这么急啊。”

奶奶轻轻地揉了揉小熊的膝盖，紧紧地将他抱了起来。

“从今天起，我就能一直陪着小熊了，奶奶好开心啊！”

奶奶的怀抱里散发着阳光照耀下的青草的香味。

奶奶送给小熊一个风车。

风车是奶奶亲手做的，各种颜色的叶子拼在一起当作叶片，中间用树的一颗果实固定。

“嘎啦嘎啦！”“嘎啦啦啦！”

“咕噜咕噜！”“咕噜噜噜！”

风车迎着风欢快地转着。

“哇，谢谢奶奶！您还记得之前我想要个风车呢。”

奶奶愣了一下，“之前？好像……是呀。”

“咦？难道奶奶忘记了吗？”小熊歪着脑袋想。

听见奶奶说的话，妈妈有些担心。

“奶奶，您教我做风车吧。”

“好啊，好啊，我们来一起做个风车吧。”

“转呀，转呀，骨碌碌地转呀。狸猫呀、狐狸呀，全都想要它。”

奶奶喜欢把什么都编成歌唱出来。

“转呀，转呀，骨碌碌地转呀。老鹰呀、青蛙呀，全都想要它。”

小熊也试着用同样的调子唱了起来。

“做好了，做好了！”小熊做了一个小风车。

“哇，多可爱的小风车啊。”奶奶说。

“嘎啦嘎啦！”“嘎啦啦啦！”

“咕噜咕噜！”“咕噜噜噜！”

风车好像在迎着风大笑呢。

就这样，之后的每一天小熊都和奶奶一起做风车。

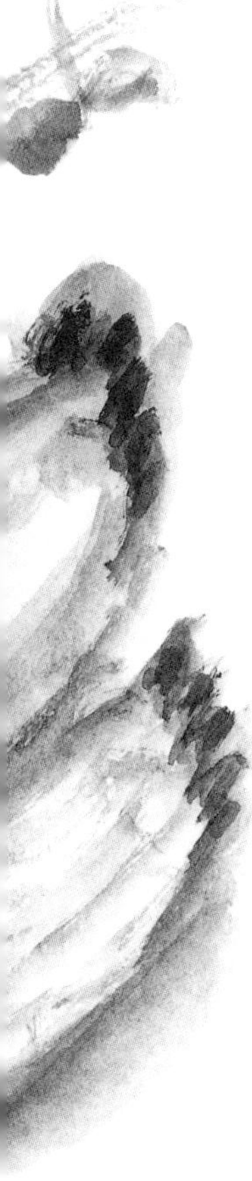

有一天，天气特别好。

小熊和奶奶出去散步。

他们走到河边，躺下来晒太阳。

他们俩伸了一个一模一样的懒腰。

“肚子被太阳晒得暖暖的。奶奶，这样好舒服呀。”

“是啊，而且还能和小熊这样一起聊天，我真的特别开心。”奶奶说。

躺了一会儿，奶奶说：

“走，咱们回家吧。”

可是，奶奶刚迈开脚步就停了下来。

“奶奶，您怎么了？”

“回家的路是哪条啊？”

“是这条啊。”

“啊，啊……对呀。”

奶奶看上去好像在轻轻颤抖。

“奶奶没事吧？”小熊心里想，他紧紧地拉着奶奶的手走回了家。

日子一天天地过去，彩色的叶子都慢慢地落了下来。

小熊看着窗外，突然说：“我想到了一个好主意！”

他把所有做好的风车都装进篮子里。

“奶奶，我们一起去外面把风车挂到树上吧！”

听到小熊说的话，爸爸也从屋里走了出来。

他想着，小熊还不太会爬树。

“我想用风车把从家里到河边的路上都做上标记，这样奶奶一看就知道路该怎么走了。”小熊说。

“好嘞。”爸爸说着，让小熊骑到了他的脖子上。

小熊一家沿着去河边的路，把风车一个一个系在了树上。

“奶奶，您看！风车大道！”

“是啊，这里变成风车大道啦。真漂亮啊！”

“嘎啦嘎啦！”“嘎啦啦啦！”

“咕噜咕噜！”“咕噜噜噜！”

风车欢快地转了起来。

第二天，奶奶看着外面说：“咦，怎么有条风车大道呀？小熊，是你把风车系上去的吗？”

“啊？！”小熊吃惊地看着奶奶。

奶奶一下子呆住了。

小熊使劲地跺了一下脚：“不是昨天和奶奶一起系上去的吗？您还说真漂亮呢。奶奶，您怎么又忘了？！”

奶奶露出惊讶的表情，紧接着回过神来说：“啊，好像是……是这样的。”

小熊什么也没说，跑了出去。

“奶奶……奶奶竟然把风车大道忘记了……”

风停了，风车也安静下来。

“小熊——小熊——”

小熊回头一看，是妈妈走过来了。

妈妈把篮子递给小熊：“去后山采一些橡子，给奶奶当点心吧。”

“啊？我自己去吗？”

“是啊，你自己已经能去后山了吧？”

“嘭嘭”妈妈温柔地拍了拍小熊的后背。

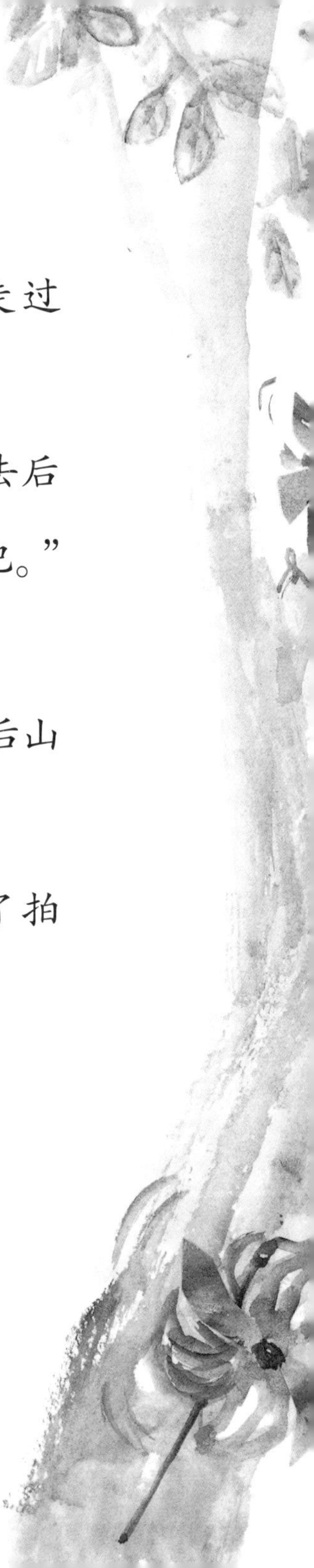

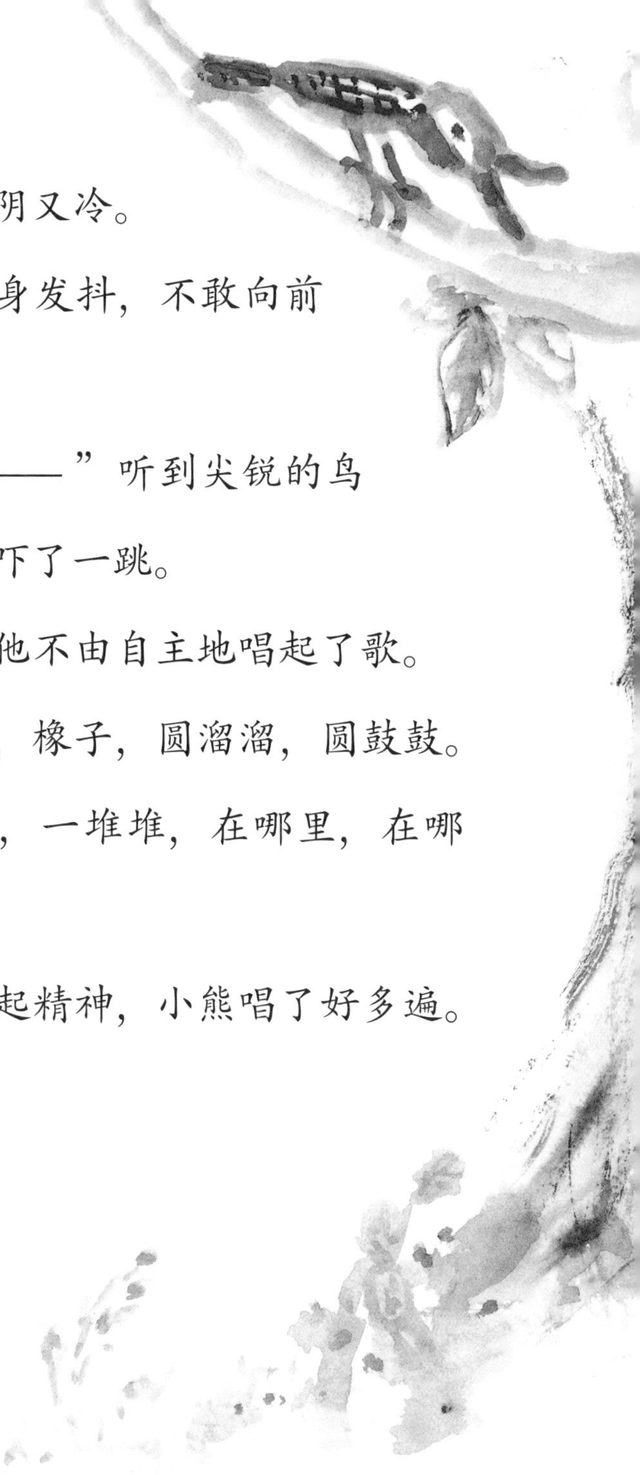

后山又阴又冷。

小熊浑身发抖，不敢向前迈开脚步。

“啾啾——”听到尖锐的鸟叫声，小熊吓了一跳。

突然，他不由自主地唱起了歌。

“橡子，橡子，圆溜溜，圆鼓鼓。橡子，橡子，一堆堆，在哪里，在哪里？”

为了打起精神，小熊唱了好多遍。

小熊仔细寻找，发现地上掉落了好多橡子。

“哇，找到了，找到了！嗯……什么样的才是好吃的橡子呢？对了，奶奶说过油亮油亮的，没有被虫子吃过的比较好。”

就在小熊捡橡子的时候……

附近传来了“咔嚓咔嚓”“咔咔”“沙沙”的声音。

“什么声音？好可怕呀。”小熊心里想。

小熊战战兢兢地透过树干之间的空隙看去……

他看到奶奶孤零零地坐在那里。

奶奶对着手里的风车，“呼——”地吹了一下。

“那不是我做的风车吗？”小熊心里想。

“嘎啦啦啦！”“咕噜噜噜！”

风车转了起来。

每当风车停下来的时候，奶奶就会温柔地抚摩风车。

“奶奶……”

小熊小声地叫道。

“狸猫呀、狐狸呀，全都想要它。转呀，转呀，骨碌碌地转呀。”

小熊唱着歌，朝奶奶跑去。

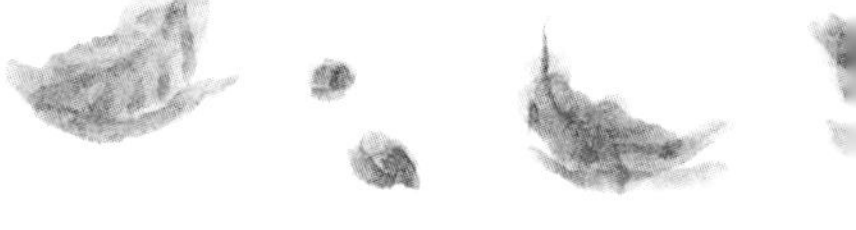

“哎呀，小熊，你是自己来的吗？”

“嗯。”

“你好勇敢啊。来，这是给小熊准备的点心哟。”

“哇，这么多呀！奶奶，这是我给您的点心。”

“呦，你捡的都是很好的橡子啊。”

小熊和奶奶互相交换篮子，吃起了橡子。

“奶奶，橡子真好吃啊。”

“是啊，是啊，我的也是。因为是小熊捡的，所以特别好吃哟。”

“我们也给爸爸妈妈带回去一些吧。”

奶奶闭上眼睛，“咚咚”地敲了敲自己的胸口。

“奶奶，您是被橡子噎住了吗？”小熊急忙拍拍奶奶的后背。

“没事，没事。奶奶啊，是想把小熊说过的话，和小熊一起做过的事都装进心里。”

“装进心里？”

“是啊，装进心里。每一件重要的事，奶奶都不想忘记啊。”说着，奶奶又“咚咚”地敲了敲胸口。

“来，我们对橡子说声谢谢吧。从每个篮子里面，都拿出来一点儿橡子吧。”

奶奶挖开土，把橡子埋了进去，“大地啊，森林啊，谢谢你们！”

小熊也学着奶奶的样子，一边说一边把橡子埋进土里：“大地啊，森林啊，谢谢你们！”

“真的会长出结橡子的树吗？”

“一定会的。希望在很久以后的某一天，当你变成老爷爷的时候，也能和你的可爱的小小熊在这里找到橡子。”

“我要是变成老爷爷的话，那奶奶会变成什么样呢？”小熊歪着脑袋问。

奶奶没有回答，“咚咚”地敲了敲胸口。

从那以后，每次看见小熊练习爬树，奶奶都会“咚咚”地敲敲胸口。

“对，对，下来的时候要小心，别着急。一二，一二，掌握好节奏。”奶奶叮嘱道。

小熊和奶奶一起找药草、一起采蘑菇。

每当这些时候，奶奶也会“咚咚”地敲敲胸口。

傍晚的风凉凉的，吹得鼻尖有些疼。

小熊转着奶奶做的大风车。

“小熊，我们回家吧。”

“奶奶，再等一会儿好吗？我刚刚抓到了风。”

“你抓到了风吗？真棒啊！现在这阵风啊……”

突然，小熊和奶奶同时吸了吸鼻子。

“哎哟！”奶奶说。

“咦？”小熊说。

他们俩互相看着对方。

“奶奶，风的味道和平时有点儿不一样哟。”

“小熊也知道了呀！”

“我知道了什么呀？”

“这是下雪前的味道哟。”

“啊，下雪前的味道？”

“是啊，今天晚上肯定会下雪哟。能够分辨出这个味道，小熊已经是了不起的大熊了。”

奶奶就像平时一样，正想敲打自己的胸口……

小熊抓住奶奶的手说：“奶奶，您不用再敲打胸口了。”

“嗯？”奶奶看着小熊。

小熊握着奶奶的手说：“因为我全都记住啦。和奶奶一起做过的事、说过的话，全都记住了。要是奶奶忘记了，就让我来告诉您吧。”

奶奶默默地点点头，两只手紧紧地握住了小熊的手。